Nestor Burma in der Klemme

Nach dem Roman von Léo Malet und den Figuren von Tardi

Umsetzung und Zeichnung: Emmanuel Moynot

Die Personen

Dr. Acker - Besitzer eines gestohlenen Fluchtautos
Barton alias Briancourt, Henri - Leiche
Bousquet bzw. Bourguet, Julien - Architekt, ebenfalls Besitzer eines der gestohlenen Fluchtautos
Chabrot, Emmanuel - Direktor der Zeitschrift HUH - HIER UND HEUTE
Chatelain, Helene - Nestor Burmas Sekretärin
Covet, Marc - Reporter
Daquin bzw. Verbois, Lydia - rothaarige Schöne
Faroux, Florimond, Kommissar - Nestor Burmas alter Rivale
Friant, Pierre - Aushilfsdetektiv
Gaillard, Laurent alias Fernand Gonin - Aushilfsdetektiv
Jander, Arman - Vermieter von Lydia Verbois
Martinot, Kommissar - hat Nestor Burma auf dem Kieker
Masoultre - Inspektor vom Quai des Orfèvres
McGuffin - Zwerg und Clown im Zirkus Medrano
Reboul - Nestor Burmas Assistent
Thevenon, Alfred - Ganove

1. Auflage 2017
Alle deutschen Rechte bei Verlag Schreiber & Leser - Hamburg
Nachdruck - auch auszugsweise - nur mit schriftlicher Genehmigung des Verlages

ISBN: 978-3-946337-37-9

www.schreiberundleser.de
© 2017 Verlag Schreiber & Leser
© Casterman 2016
All rights reserved.

Titel der Originalausgabe: Nestor Burma – Contre C.Q.F.D.
Aus dem Französischen von Resel Rebiersch
Textbearbeitung: Ömür Gül

Die Romane von Léo Malet erschienen zuerst in Frankreich im Verlag Fleuve Noir.
© Fleuve Noir, a department of Univers Poche.

Nicht, dass es meine Gewohnheit war, fremden Frauen nachzusteigen.

Holla, junge Frau, wohin so eilig? Hören Sie nicht die Sirene? Ab in den Luftschutzkeller, aber dalli!

Ich kann nicht, ich hab's eilig!

Nichts da! Kommen Sie, kommen Sie, hier ist gleich einer!

Abgesehen von ihrer anziehenden Erscheinung faszinierte mich ihr Verhalten.

* heute etwa 100 €

* "faroux", weibliche Form "farouche" bedeutet ungezähmt, scheu, wild. "narine" bedeutet Nasenloch.
** der wilde Inspektor Faroux

Anstatt sich zu Barton zu begeben, traf Thevenon sich mit einer Frau. Die beiden gondelten im Taxi einen ganzen Nachmittag lang durch Paris.

Gegen Abend stieg er aus und stellte sich der Polizei, die ihn einbuchtete.

Der Taxifahrer meldete sich, er hatte Thevenon auf dem Fahndungsfoto in der Zeitung erkannt. Leider brachte seine Beschreibung der Frau uns nicht weiter.

Thevenon und Vallier wurden zum Tode verurteilt und hingerichtet. Dargy bekam lebenslänglich.

Barton kam als Mitläufer mit sieben Jahren davon, er saß in der Santé.

Am 15. Juni 1940, während der Evakuierung, konnte er aus einem Gefangenentransport entweichen. Wir hielten ihn für tot.

Aber offenbar schnappten ihn die Deutschen und steckten ihn in ein Lager. Dort gab er sich als Briancourt Schauspieler, aus.

* siehe: *Nestor Burma, 120, rue de la Gare*

Seltsam. Bei mir hat er sich nicht gemeldet. Oder, Helene?
Nein.
Er kam sogar am selben Tag wieder. Er war bester Laune und lobte dich in den höchsten Tönen. Bezeichnete dich als Heiligen, als Nothelfer.
Ich hatte den Eindruck, er hatte gefunden, was er suchte.
Scheint so. Danke, dass du mir die Bullen vom Hals gehalten hast, Fred.
Ehrensache.
Wollen wir einen Happen essen? Ich lade Sie ein.
Gern. Man soll die Feste feiern, wie sie fallen.
Ihre neue Freundin, diese Lydia Dingsbums, könnte die nicht die Frau aus dem Taxi sein?
Glaube ich nicht. Ich weiß nicht, wie sie ins Bild passt... aber in das Taxi passt sie nicht.
Chartier
Trotzdem kann es nicht schaden, mehr über sie zu wissen. Machen Sie mal die Runde bei Modeschöpfern. Vielleicht kriegen Sie etwas zu packen.
Sie möchten diese Lydia zu gern selbst packen, hm?
Was ich möchte oder nicht, ist meine Sache. Sie suchen bitte nach Informationen. Und nicht erst nächstes Jahr.
Zu Befehl, Herr Hauptmann.
RESTAURANT CHARTIER
Es war früh am Abend, bei Chartier ist die Bedienung fix. Helene nahm die Metro.
Ich war noch zu aufgekratzt und beschloss, zu Fuß nach Haus zu gehen.
CRAVATES
TAMBOUR
AU TAMBOUR

Als ich am Polizeipräsidium vorbeikam, beschloss ich, Kommissar Martinot einen Besuch abzustatten. Den ehrbaren Bürger zu geben und meiner Empörung Luft zu machen.

Und ihm vielleicht das eine oder andere aus der Nase zu ziehen.

Gerüchten zufolge arbeitet Martinot immer bis zum Morgengrauen.

Angeblich schläft und isst er sogar im Büro.

Burma. Was zum Teufel wollen Sie hier?

Anklage erheben.

Anklage, hier? Wegen was? Gegen wen? Ziehen Sie doch vor Gericht!

Gegen Ihre Leutchen. Wegen Machtmissbrauch. Widerrechtliche Haussuchungen. Belästigung und Nervensägerei.

Sie hatten nicht den geringsten Grund, in mein Büro und meine Wohnung einzudringen.

Und ob ich Grund hatte! Und auch wenn ich keinen hätte, muss ich Ihnen noch lange nicht Rede und Antwort stehen!

Aus Figuren Ihres Schlages mache ich Kleinholz. Das hilft mir wenigstens über die Kohleknappheit weg! Ihr Glück, dass ein Zeuge Sie entlastet hat, aber ich rate Ihnen, überziehen Sie meine Geduld nicht! Gehen Sie mir aus den Augen!

Ich tat ihm den Gefallen. Immerhin hatte ich Martinot gegenüber laut und deutlich auf meine Unschuld gepocht.

— Nanu, Faroux, hat man Sie zur Jugendfürsorge versetzt?

— Kaufen Sie sich eine Brille, Burma. Das ist McGuffin, Clown beim Zirkus Medrano.

— Oh, entschuldigen Sie bitte! Was liegt gegen den Herrn vor? Sind jetzt auch schon die Clowns verboten?

— Wenn dem so wäre, säßen Sie längst hinter Gittern. McGuffin war mit Thevenon befreundet.

— Einer seiner treuesten Freunde dazu. Sie würden sich für ihn vierteilen lassen, nicht wahr, Mac?

— Oder von schräg unten auf seinen Verräter schießen?

— Und dann dieser Duft... Der kleine Herr parfümiert sich nicht, er badet in Parfüm. Mit einer recht femininen Note, scheint mir. Denselben Duft strömten die Geldscheine unseres Mordopfers aus...

— Man hat Geld bei Barton gefunden? Das haben Sie mir verschwiegen.

— Ein Bündel, das sich auf 10.000 Francs belief. Weithin duftend.

— Warum hätte ich Ihnen das mitteilen sollen?

— Prima, dann kehrt in meinem Büro ja wieder Ruhe ein. Haben Sie die Tatwaffe gefunden?

— Noch nicht, aber das wird schon noch.

— Das wünsche ich Ihnen von Herzen. Gute Nacht, die Herren.

Wieder war die Lage verändert. Kein Gedanke an Nachtruhe.

Um diese Zeit gab es nicht viele Orte mit einem öffentlichen Telefon.

Ich wappnete mich und suchte zähneknirschend einen jener verruchten Orte auf.

Hallo, Jojo? Habe ich dich geweckt..? Entschuldige, Alter. Gibst du eigentlich noch im Zirkus Medrano den Herkules?

Nein, ich will niemanden verprügeln lassen. Kennst du einen Clown bei euch, den Zwerg McGuffin?

Genau den... Weißt du auch, wo er wohnt?

Hotel des Deux Jumeaux, rue de la Tour d'Auvergne 27. Danke, Jojo, schlaf weiter.

Es war nach elf, die Metro fuhr nicht mehr. Ich musste also auf zwei Beinen in den Pariser Norden.

Insgesamt viermal musste ich mich ausweisen. Dabei war die Ausgangssperre gar nicht in Kraft.

Der Portier schlief offenbar seit seiner Geburt und betrachtete meinen (abgelaufenen) Mitgliedsausweis im Sportverein, als wäre er eine Kobra.

Mein Hut und mein Trench taten wohl ein Übriges.

Machen Sie bitte nicht solchen Lärm wie Ihre Kollegen. Die haben überhaupt keine Rücksicht genommen.

Keine Sorge, die haben nur etwas vergessen. Ich bin gleich wieder weg.

Um ehrlich zu sein, gab es in dieser Absteige nicht viel zu sehen. Nur die zwei, drei absolut notwendigen Möbelstücke...

...den halb leeren Kleiderschrank, einen Liebesroman auf dem Nachttisch...

Der arme Kerl hatte eindeutig eine Schwäche für schöne Frauen. Und ebenso eindeutig einen Fotoapparat, den er auch benutzte.

Ich hätte tot umfallen wollen, wenn die Frau neben Thevenon nicht Lydia Verbois war.

Und da nochmal... und noch einmal. Sozusagen der Künstler und sein Modell.

Ich steckte die hochinteressanten Fotos ein und machte mich davon.

TCHA!
Die Nacht verbrachte ich auf meinem Feldbett im Büro. Es war einfach zu spät, nochmal durch ganz Paris zu laufen.
CHAMPS TABAC
CAFÉ
Das und der Platzregen vom Abend zuvor sorgte für einen schönen Schnupfen. Ich konnte nicht einmal meine übliche Dosis Nikotin zu mir nehmen.
Der Ersatzkaffee im Bistro war auch kein Ersatz.
Aber immerhin heiß.
Burma! Das Zeug können Sie doch nicht trinken, davon wird man ja krank! Sie müssen die Plörre wenigstens aufmöbeln.
Werde ich von dem Fusel auch nicht blind, Covet?
Kein Gedanke. Das ist Vorkriegscognac. Bin doch nicht blöd.
Haben Sie irgendwas am Köcheln?
Nicht, dass ich viel bewegen kann, mit dieser Zensur durch die Deutschen.
Oh, Sie kommen gerade recht. Ich wollte in die Nationalbibliothek, aber wenn ich Sie vor der Nase habe… Was wissen Sie von dem Überfall auf diesen Goldtransport per Bahn?
Damit kommen Sie mir gerade recht.
Der Goldraub ist sozusagen mein Steckenpferd. Ich weiß alles darüber, was man wissen kann.
Thevenons Verhaftung nach Selbstanzeige, die geheimnisvolle Frau im Taxi, die Webley, die mit der Post auf der Wache eingeliefert wurde.
Was für eine Webley?
Die Pistole, die bei dem Raub verwendet wurde. Eine 7.65er. Anonym an die Polizei geschickt.
Thevenon gab zu, dass es seine war. „Es gibt keine anständigen Menschen mehr", sagte er. Habe ich alles aus erster Hand.
Auf der Waffe befindet sich ein kata… kaka… charakteristischer Fingerabdruck, wie ein Andreaskreuz.
Aber pst… das darf nicht an die Öffentlichkeit dringen!

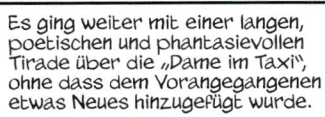

Ich überließ Covet seinem Cognac und ging trotzdem in die Nationalbibliothek, um mein Wissen über den Fall zu erweitern.

Ich ging sämtliche Artikel durch, die Covet seinem „Steckenpferd" gewidmet hatte. Es waren gefühlte mehrere Kilo.

Ich notierte Bartons vormalige Adresse. Er war verheiratet gewesen, seine Frau Jeanne war schwer krank und wusste offenbar nichts von den illegalen Aktivitäten ihres Mannes.

Es ging weiter mit einer langen, poetischen und phantasievollen Tirade über die „Dame im Taxi", ohne dass dem Vorangegangenen etwas Neues hinzugefügt wurde.

...Bousquet nach dem 15. Januar, nur „ein bekannter Architekt" wurde noch erwähnt. Dr. Acker dagegen meldete sich bei jeder Gelegenheit namentlich zu Wort.

Ich schrieb mir auch Namen und Adressen der wahren Besitzer der Fluchtautos auf. Der Renault gehörte einem Dr. Acker und der Hotchkiss dem Architekten Bousquet. Seltsamerweise verschwand der Name...

Tapfer nahm ich mir noch die Ausgaben von HUH vor. Die Ausbeute war gleich Null: kein Wort über den Goldraub.

Reboul, es tut mir leid, aber so dekorativ wie Helene sind Sie nicht.
Ich tippe auch langsamer, ich weiß.
Ist sie nicht da?
Offenbar. Hier, Ihre Annonce ist heute erschienen. Sogar auf der Titelseite.
RÄTSELHAFTER MORD
VOM EISENBAHNRAUB
Detektivagentur Fiat Lux
Inhaber Nestor Burma
sucht ab sofort erfahrenen Agenten für Observierungen aller Art. Einsatz je nach Bedarf. Anfragen bei Helene Chatelain, rue des Petits Champs 36, Chiffre 05.13
...mitten in dem Artikel über den Mord an Barton. Das hat Helene schlau angestellt, hoffentlich kostet es nicht extra.
Hoffentlich hilft es uns, schnell einen Mitarbeiter zu finden. Geben Sie mir bitte mal das Telefonbuch? Unterste Schublade links, glaube ich.
In dem unentbehrlichen Ratgeber fand ich die Nummer des Hausmeisters der Nr. 13 in der rue Sinteville, wo das Ehepaar Barton 1938 gewohnt hatte.
Hallo?
Guten Tag. Ich brauche eine Auskunft zu dem Ehepaar Barton, das früher in Ihrem Haus gewohnt hat.
Sie sind gut. Sonst keine Wünsche, he?
Hier ist die Polizei. Etwas mehr Respekt, guter Mann, ja? Sonst kommen wir mal kurz vorbei.
Oh, Entschuldigung, Herr Kommissar! Aber ich weiß gar nicht, was plötzlich alle mit diesem Barton haben.
Außerdem weiß ich so gut wie nichts über den. Ich bin erst seit 1940 hier, ich kenne ihn gar nicht.
Sie sagen, dass sich noch jemand kürzlich nach Herrn Barton erkundigt hat. Wer war das?

Hatte der Mann zufällig gelbe Schuhe an?
Genau, das fiel mir auf. Solche sieht man nicht alle Tage. Er hat nicht lockergelassen, aber wer nichts weiß, kann nichts sagen.
Manchmal aber auch einer, der was weiß.
Danke und guten Tag, guter Mann.
Na, meine Beste, was gibt's?
Sie haben Glück, Chef, ich habe Ihre Schöne gefunden.
Lydia Verbois, Modezeichnerin bei Irma & Louise. Im Augenblick speist sie im Colonnes, rue du Quatre Septembre Nr. 4.
Drei Querstraßen von hier. Wenn Sie nichts Besseres vorhaben...
Worauf Sie sich verlassen können.
Darauf hätte ich wetten können.
CRASH!
HIMMEL, CHABROT...
Ist was, Chef?
Oh, Reboul... gut, dass Sie kommen.
Lassen Sie alles stehen und liegen und suchen Sie mir alles über dieses Auto und den Mann darin!

Hätte Chabrot, der Idiot, sich nicht zu einem anderen Zeitpunkt umbringen lassen können? Jetzt würde ich meine rothaarige Lydia verpassen...
Manche Leute sind wirklich egoistisch.
LES COLONNES Brasserie
SERVICE RAPIDE
BRASSERIE
PLAT DU JOUR
Gerade rechtzeitig!
Keine Atempause für Nestor an Tagen wie diesen...
Nanu, das Fräulein Verbois-Daquin. Die Welt ist ein Dorf. Ist das Leben nett zu Ihnen?
W-wer... **Loslassen!**
Was, wenn nicht? Rufen Sie die Polizei? Da hinten kommt gerade einer, wollen wir den zusammen ansprechen? Oder lieber nicht? Keine Lust? Na, dann wollen wir mal.
Sie tun mir weh! Morgen habe ich überall blaue Flecken! Lassen Sie mich!
Nichts da. Was ich einmal habe, lasse ich nicht mehr los. Kommen Sie.
So, und jetzt setzen wir unser unterbrochenes Gespräch fort. Was haben Sie sich dabei gedacht...
Was... **das sind Sie? Nestor Burma?** Sie sind Detektiv?

Ach das? Ja. Sie haben kein Exklusivrecht auf originelle Namen. Aber was wollten Sie nun wirklich in dem Haus in der rue Victor?
Das sagte ich schon. Reiner Zufall.
Das muss ich Ihnen nicht glauben, oder? Warum haben Sie mich betäubt und auf der Straße abgelegt, wenn Sie mit dem Mord an Barton nichts zu tun haben?
Uh? Ich dachte, der Tote wäre ein Mann mit Namen Briancourt gewesen.
Der Name tut nichts zur Sache. Barton, Briancourt, tot ist er allemal. Haben Sie ihn gekannt oder haben Sie ihn nicht gekannt?
Natürlich nicht! Und wenn Sie mich mit Namen zuschütten – ich kenne den Herrn nicht.
RMA
MA
Ich habe tatsächlich noch mehr in petto. Emmanuel Chabrot, hm, sagt Ihnen der Name etwas? Nicht?
Gut, Sie haben kein Namensgedächtnis, aber vielleicht eins für Gesichter. Sehen Sie sich mal diese Fotos an.
Diese Frau hier... kennen Sie die? Wer könnte das sein, Ihrer Meinung nach?
Keine Ahnung... Sie sieht mir ähnlich, ich sehe ihr ähnlich, und?
Ich habe ein Durchschnittsgesicht, ich werde ständig verwechselt. Kann ich jetzt gehen?
Ich weiß nicht. Es ist so schön, Ihnen zuzuhören, wie sie mich veralbern.
Alles Schöne hat ein Ende, und ich habe Sie schon zu sehr verwöhnt. Ich gehe.
Ich kann Sie nicht aufhalten. Aber wir sehen uns wieder.
Nicht, wenn ich es vermeiden kann.

Seltsam, seltsam, seltsam...
WIIIIIIIIIIIIIIIIIIIIII
PAW
BOAM
Chef? Was ist passiert?
Nichts, nichts, meine Gute. Es war nur ein Experiment zur Bestätigung einer Vermutung.
Einen Schuss und den Sturz eines Körpers kann man auch während eines Bombenalarms nicht völlig überhören, oder?
Stimmt, Chef. Sie haben es demonstriert.
Ich spreche mit Faroux auf Leitung 1. Rufen Sie mir Covet auf Leitung 2.
Florimond! Hier Nestor. Gibt es Neues von unserem Kleinwüchsigen?
Der Clown sieht einer wenig lustigen Zukunft entgegen. Er hat die Tat gestanden.

Als wir ihm von dem Bündel Geldscheine erzählten, die mit seinem Parfum „Orientalische Nächte" getränkt waren, fiel er um. Momentan spuckt er die Einzelheiten aus.
Ob ich wohl mal kurz mit ihm reden könnte?
Überziehen Sie unsere Gutmütigkeit nicht. Oder wollen Sie, dass Martinot Sie wegen dem Mord vor Ihrer Haustür vorhin befragt?
Damit habe ich nichts zu tun.
Habe ich auch nicht behauptet.
Covet wartet auf Leitung 2. Ich schalte um.
Hallo, Covet, alles klar?
Nie klarer gewesen. Was haben Sie auf dem Herzen? Immer noch den Goldraub?
Ja. Die Besitzer der beiden gestohlenen Autos... Dr. Acker und der Architekt Bousquet.
Bousquet war ein Druckfehler. Julien Bourguet. Ein Freund von unserem Chef, deshalb hat er durchgesetzt, dass sein Name nicht mehr auftaucht.
Ist mir auch aufgefallen. Die Art von Werbung war ihm nicht recht, was?
Eben. Dem anderen war das alles egal. Ein junger Arzt, gerade erst approbiert.
Übrigens, Arzt. Lassen Sie sich mal behandeln, Ihr Schnupfen ist nicht zu überhören.
Danke für Ihre Fürsorge. Ich bin berufstätig!
Reboul auf Leitung 1. Soll ich durchstellen?
Ja, bitte.
Ich habe die Informationen, Chef. Emmanuel Chabrot, Chefredakteur im Ruhestand. Vor dem Krieg leitete er die Klatschpostille HUH. Er wohnte in der rue du Rocher, wo er wahrscheinlich ermordet wurde.
Und das Auto?
Lief auf seinen Namen. Der Hausmeister berichtet von einer lautstarken Auseinandersetzung von Chabrot mit einem langen, dünnen Kerl. Der schrie: „Du hast dem Schnüffler doch erst den Floh ins Ohr gesetzt, als du bei ihm warst!"

Hat der Hausmeister Schüsse gehört?

Er nicht, aber der Zeitpunkt passt. Der Täter könnte ja einen Schalldämpfer benutzt haben.

Stimmt. Gut, kümmern Sie sich wieder um Ihre anderen Fälle. Wir haben noch keine Reaktion auf unsere Anzeige.

Ich habe außerhalb zu tun und komme heute nicht mehr ins Büro. Einen schönen Feierabend.

Ich fand Bourguets Adresse im Telefonbuch und ging einfach mal vorbei.

Der Herr war nicht zu Haus, also hinterließ ich nur meine Karte.

Und ging meine Erkältung pflegen.

riing

Ich bereitete mir ein Eukalyptus-Dampfbad und nahm mir einen Krimi vor. Nachdem ich zwölfmal dieselbe Seite gelesen hatte, döste ich ein. Es klingelte.

Sie hier?

I-ich habe gedacht... Sie sind Detektiv... vielleicht sollte ich Vertrauen zu Ihnen haben. Darf ich...

...reinkommen?

Wie haben sie mich gefunden?

Na, es gibt Telefonbücher. Ich... Sie hatten recht, ich war nicht zufällig in dem Haus am Boulevard Victor...

Ich habe Angst. Helfen Sie mir.

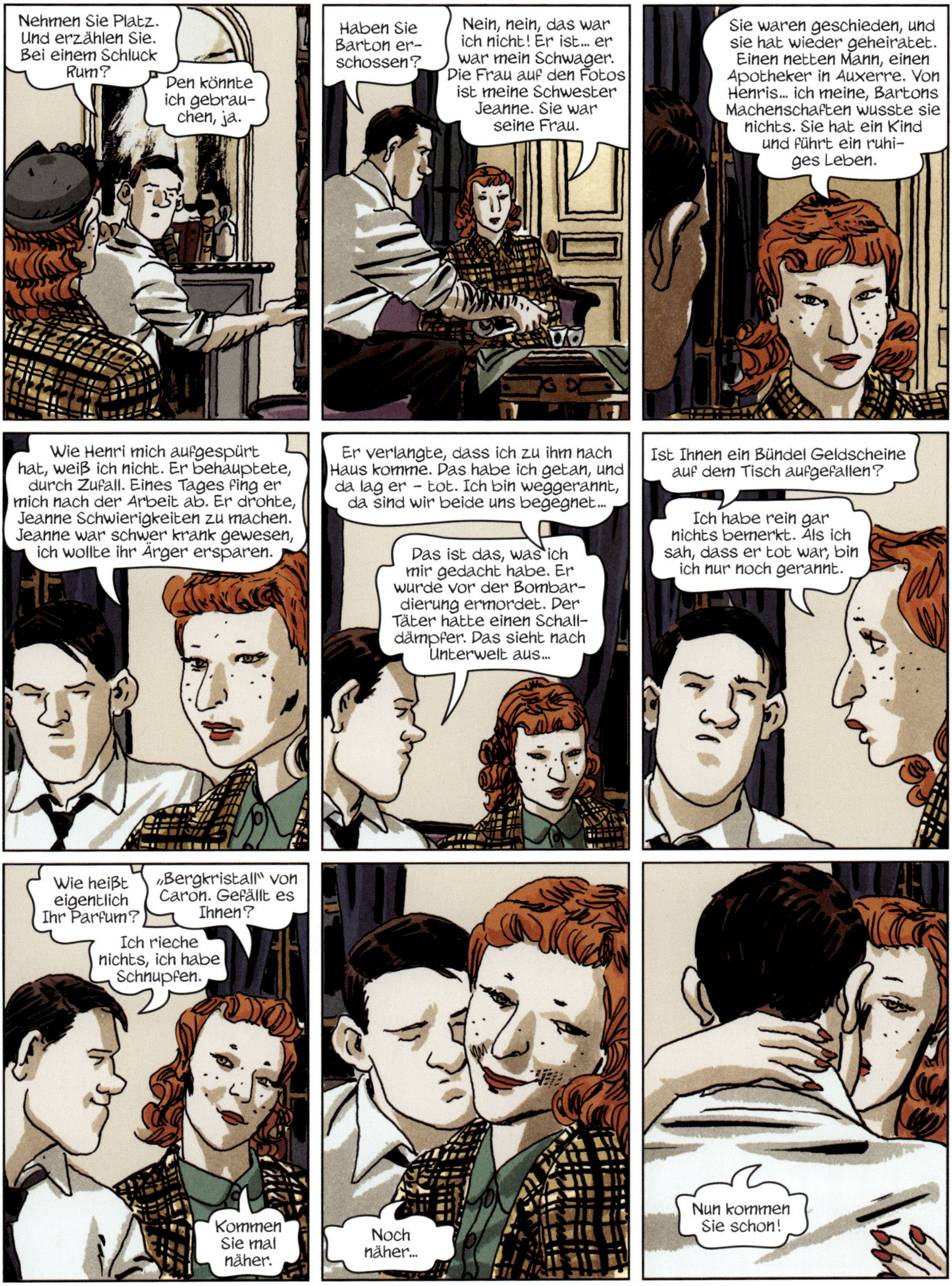

Nehmen Sie Platz. Und erzählen Sie. Bei einem Schluck Rum?
Den könnte ich gebrauchen, ja.
Haben Sie Barton erschossen?
Nein, nein, das war ich nicht! Er ist... er war mein Schwager. Die Frau auf den Fotos ist meine Schwester Jeanne. Sie war seine Frau.
Sie waren geschieden, und sie hat wieder geheiratet. Einen netten Mann, einen Apotheker in Auxerre. Von Henris... ich meine, Bartons Machenschaften wusste sie nichts. Sie hat ein Kind und führt ein ruhiges Leben.
Wie Henri mich aufgespürt hat, weiß ich nicht. Er behauptete, durch Zufall. Eines Tages fing er mich nach der Arbeit ab. Er drohte, Jeanne Schwierigkeiten zu machen. Jeanne war schwer krank gewesen, ich wollte ihr Ärger ersparen.
Er verlangte, dass ich zu ihm nach Haus komme. Das habe ich getan, und da lag er – tot. Ich bin weggerannt, da sind wir beide uns begegnet...
Das ist das, was ich mir gedacht habe. Er wurde vor der Bombardierung ermordet. Der Täter hatte einen Schalldämpfer. Das sieht nach Unterwelt aus...
Ist Ihnen ein Bündel Geldscheine auf dem Tisch aufgefallen?
Ich habe rein gar nichts bemerkt. Als ich sah, dass er tot war, bin ich nur noch gerannt.
Wie heißt eigentlich Ihr Parfum?
„Bergkristall" von Caron. Gefällt es Ihnen?
Ich rieche nichts, ich habe Schnupfen.
Kommen Sie mal näher.
Noch näher...
Nun kommen Sie schon!

Ich hatte immer schon eine Schwäche für Rotschöpfe.
Na ja, für Blondinen und Brünette auch, wenn man mich **so** fragt.
Ich habe eine Schwäche für Frauen, schlicht und einfach.
Dring
Was ist denn jetzt?!
Hallo?
Hallo, Herr Burma? Ich bin die Frau von Julien Bourguet. Sie wollten mich gestern besuchen, Sie haben Ihre Karte dagelassen. Ich muss Sie unbedingt sprechen!
Was, jetzt? Mitten in der Nacht?
Ja, sofort!
Ich bitte Sie, es ist vier Uhr früh. Und wir haben Ausgangssperre. Kommen Sie morgen um halb zehn in die Agentur.
In die Agentur?
Genau. Rue des Petits Champs. Die Adresse steht auf meiner Visitenkarte. Halb zehn. Gute Nacht.
Wer war das denn?
Leute gibt's...

— Nehmen Sie Platz, Frau Bourguet. Was ist denn nun so dringend?

— I-ich weiß genau, was Sie im Schild führen, Herr Burma! Ich lese schließlich Zeitung! Aber jetzt ist Schluss!

— Mein Mann weiß Bescheid. Sind Sie mit 5.000 Francs... ach was, hier sind 5.000 Francs*, mehr gibt es nicht!

— Gestatten Sie, dass ich rauche?

— Ob ich **was** gestatte? Wollen Sie mich veralbern? Antworten Sie gefälligst!

— Packen Sie Ihre Kröten wieder ein, Gnädigste. Sie täuschen sich.

— Meine Anzeige mitten im Artikel über den Mord an Barton auf Seite 1 sowie mein Besuch bei Ihnen, haben einen falschen Eindruck erweckt.

— Ich bin nicht scharf auf Ihr Geld.

— Was wollen Sie dann?

— Mein Beruf hat keine gute Presse, ich weiß, aber ich bin da anders. Ich versuche, den Mord an Henri Barton aufzuklären.

— Der Schuft hat nur bekommen, was er verdiente! Er ist verantwortlich für Alfreds Unglück..! Oh, ich...

— Nein, bitte, verschonen Sie ihn..!

— Nicht! Schlagt ihm nicht den Kopf ab, ich...

— AAAAAH... NICHT! NEIN!

* circa 1.700 € heute

Haben Sie Riechsalz, Helene?
Riechsalz? So etwas besitze ich nicht.
Sind wir wieder im 18. Jahrhundert?
W-was ist passiert..?
Sie sind ohnmächtig geworden, Gnädigste. Ich denke, Sie sollten nach Haus gehen und sich ausruhen.
Wo ist meine Tasche?
Hier ist sie. Stecken Sie auch das Kuvert wieder ein.
Nein, nicht, ich...
Doch, doch. Ich sagte ja, da sind Sie bei mir falsch.
Beruhigen Sie sich. Ich werde Ihren Mann nicht behelligen. Sie waren die Frau in dem Taxi, nicht wahr?
Ja, Ja... Alfred, Alfred... Schlagt ihm nicht den Kopf ab, bitte... Verzeih mir, Julien, ich liebe Alfred...
Alfred, warum gehst du zu dem Flittchen? Ich liebe dich doch...
Alfred, das Gold ist mir herzlich egal, ich brauche kein Geld... Warum, warum..? Schlagt ihm nicht den Kopf ab!
Alfred..!

Hoffentlich kommt sie heil nach Haus, in diesem Zustand...
Sie hat es ja auch hier her geschafft, und da war sie schon plem-plem.
Haben Sie meine Stierkopfpfeife gesehen? Ich muss sie gründlich verlegt haben.
Ist sie denn nicht in Ihrem Pfeifenständer?
Wenn sie da wäre, würde ich nicht fragen.
Diese kleinen Hürden des Alltags machen mich rasend. Wo hatte ich die verflixte Pfeife gelassen?
Hier ist ein Herr Pierre Friant. Er kommt auf unsere Annonce. Soll ich ihn reinbitten?
Und, gefällt er Ihnen? Passt er zu uns?
So hätte ich es nicht ausgedrückt.
Wir können es uns nicht leisten, wählerisch zu sein. Lassen Sie den Burschen herein.
Sie haben es so gewollt.
Herr Pierre Friant, Chef.
Nur herein. Haben Sie Erfahrung mit unserer Branche?
Nö, wieso?
Ich nehme jede Arbeit an, wenn sie mir nicht zu hoch ist. Ich bin jetzt 40, ich habe einen Sohn zu ernähren und...
Na gut... man muss nehmen, was kommt. Ich probiere es mal mit Ihnen.
Meine Sekretärin nennt Ihnen die Einzelheiten für einen Auftrag.
Uh... könnte ich wohl einen Vorschuss haben?
Nicht dreist werden, ja?

Lydia und ich hatten vereinbart, uns auf halbem Weg zwischen der Agentur und Irma & Louise zum Essen zu treffen.

Hast du Zeitung gelesen? Die Polizei geht jetzt von einer Täterin aus.

So..? Na, sollen sie. Aber sonst steht da nichts Neues.

Vielleicht ist es ein Trick, um den wahren Täter aus der Reserve zu locken. Wenn sie deine Schwester im Visier hätten, stünde es nicht in der Zeitung.

Mein Liebesfrühling blühte zu schön, um gleich wieder ins Büro zu gehen.

Mein Anruf bei McGuffin würde lediglich erbringen, dass er immer noch nicht nach Haus zurückgekehrt war.

Der bei Faroux ergäbe ebenso wenig. Der Zirkuszwerg hatte ein bombensicheres Alibi: er hatte während des Luftangriffs, als Barton umgebracht wurde, im Keller seines Hotels gesessen und mit den Zähnen geklappert.

Allerdings warf man McGuffin Falschaussage vor und behielt ihn daher in Haft.
Pierre Friant erstattet Bericht, Chef.
Ich habe mir erlaubt, in seiner Vergangenheit zu stochern, während Sie Ihr Dasein genießen. Er war Ermittler bei der Agentur Arribore.
Vor einem Jahr wurde er dort entlassen, weil er Klienten abgeworben und auf eigene Rechnung bedient hatte.
Ist ja reizend. Aber ich höre mal, was er hat.
Dann packen Sie mal aus, Friant.
Die Sache liegt so, Chef. Der Großhändler Guy Vidal hat ein Verhältnis mit seiner Buchhalterin. Und den Verdacht, dass sie auch mit dem Lagerhalter was hat und dazu noch in die Kasse greift.
Fürs Erste drei Tage Observierung.
Und diese Observierung hat Sie als Erstes zu einem Barbier geleitet und sodann in einen Tabakladen. Sie halten mich für ziemlich blöd, guter Mann. So wie der Fall liegt, würde ich sagen, auf Sie warten ein paar Wochen ganz ohne Tabak.
Arribore hat mich über Ihre alten Gewohnheiten informiert. Sie wollten es hier genauso treiben, nicht? Reden Sie, Mann.
Wie viel haben Sie meinem Klienten abgeknöpft?
Uh... ja... Er fing selber davon an. Tausend Eier, wenn ich Sie für ein, zwei Wochen mit einem getürkten Fall in die Wüste schicke. Kleiner Scherz, hat er gesagt.
Ich persönlich fand es nicht witzig, aber was verstehe ich schon davon.
Tausend Francs? Sie meinen zweitausend, nicht?

Raus mit der Sprache! Wie sah er aus, dieser Guy Vidal? Jung, schiefe Nase, fliehendes Kinn, mageres Bärtchen? Flotter Hut?
Sie kennen ihn?! Nur den Hut hatte er nicht.
Na gut. Wenn Sie sich ab jetzt anständig aufführen, können Sie die 2.000 als Lohn behalten. Und tun Sie genau das, was Vidal von Ihnen verlangt hat.
Als Erstes schreiben Sie einen Bericht über Ihr Gespräch.
Vielen Dank, Chef.
Was ist jetzt noch?
Ein weiterer Kandidat. Möchten Sie ihn sehen?
Und ob! Wo steckt er?
Bitte sehr, Herr Gaillard, der Chef hat Zeit für Sie.
„Agentur August in Lyon bestätigt, dass Laurent Gaillard von Februar 1940 bis Januar 1942 für uns als Ermittler tätig war." Warum sind Sie nicht in der befreiten Zone geblieben?
Aus privaten Gründen.
In Ordnung, Sie sind engagiert. Aber nur vorläufig zur Aushilfe, nicht wahr. Leider sind es keine besonders interessanten Fälle.
Mir nur recht.
DRING
DRING
Besprechen Sie das mit Helene, sie kennt alle Einzelheiten.
Ja? Ah, Reboul... Kommen Sie voran mit der Sache?
Das ist die Frage. Der Ehemann der Klientin ist nach Haus gekommen und bleibt da auch. Soll ich noch weiter observieren oder geben Sie mir frei?
Sie können gehen. Aber schauen Sie vorher bei dem Zeugen des Mordes an Chabrot vorbei. Ich möchte ihn morgen um 19 Uhr in dem Bistro bei ihm unten sprechen.

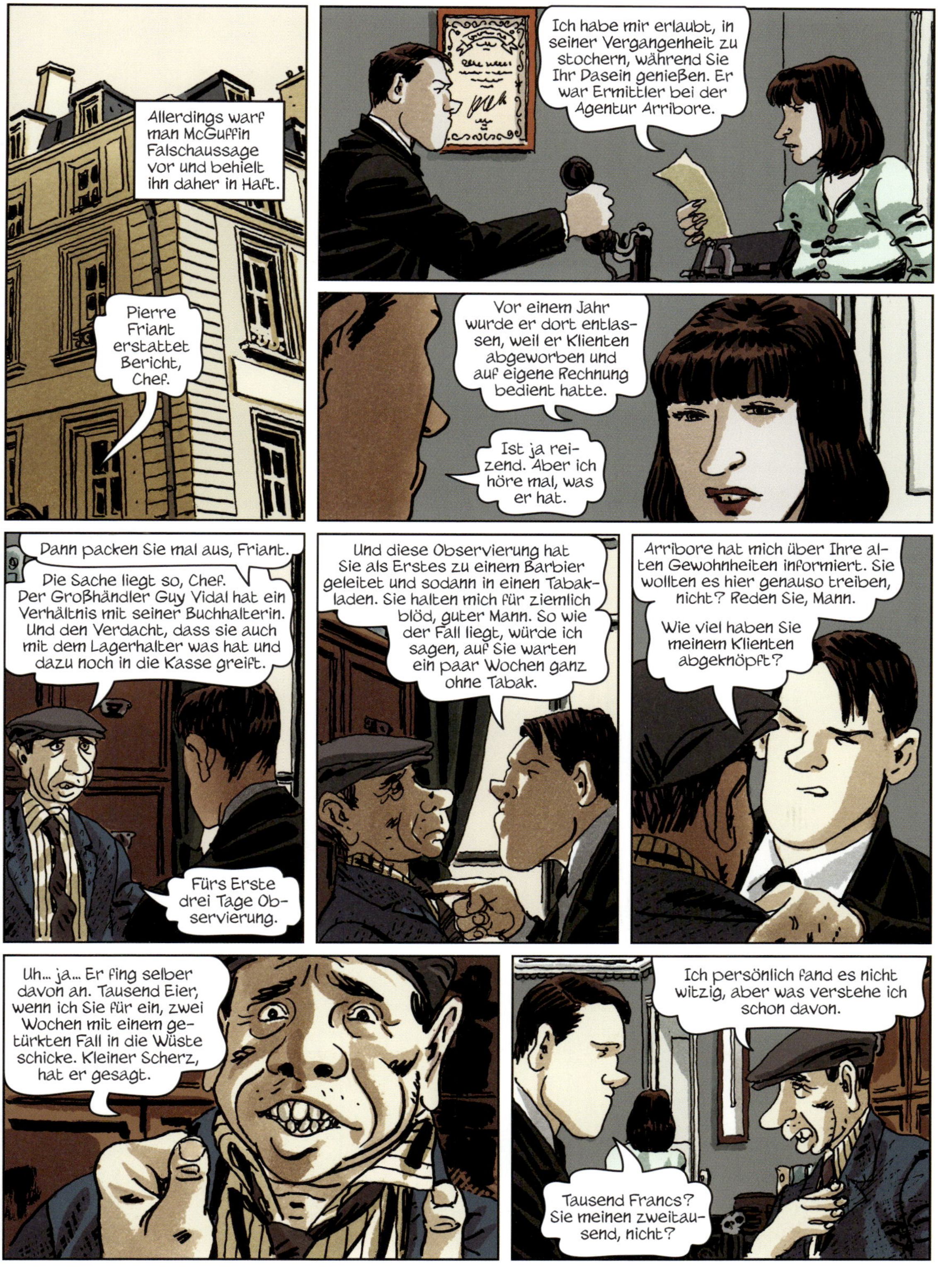

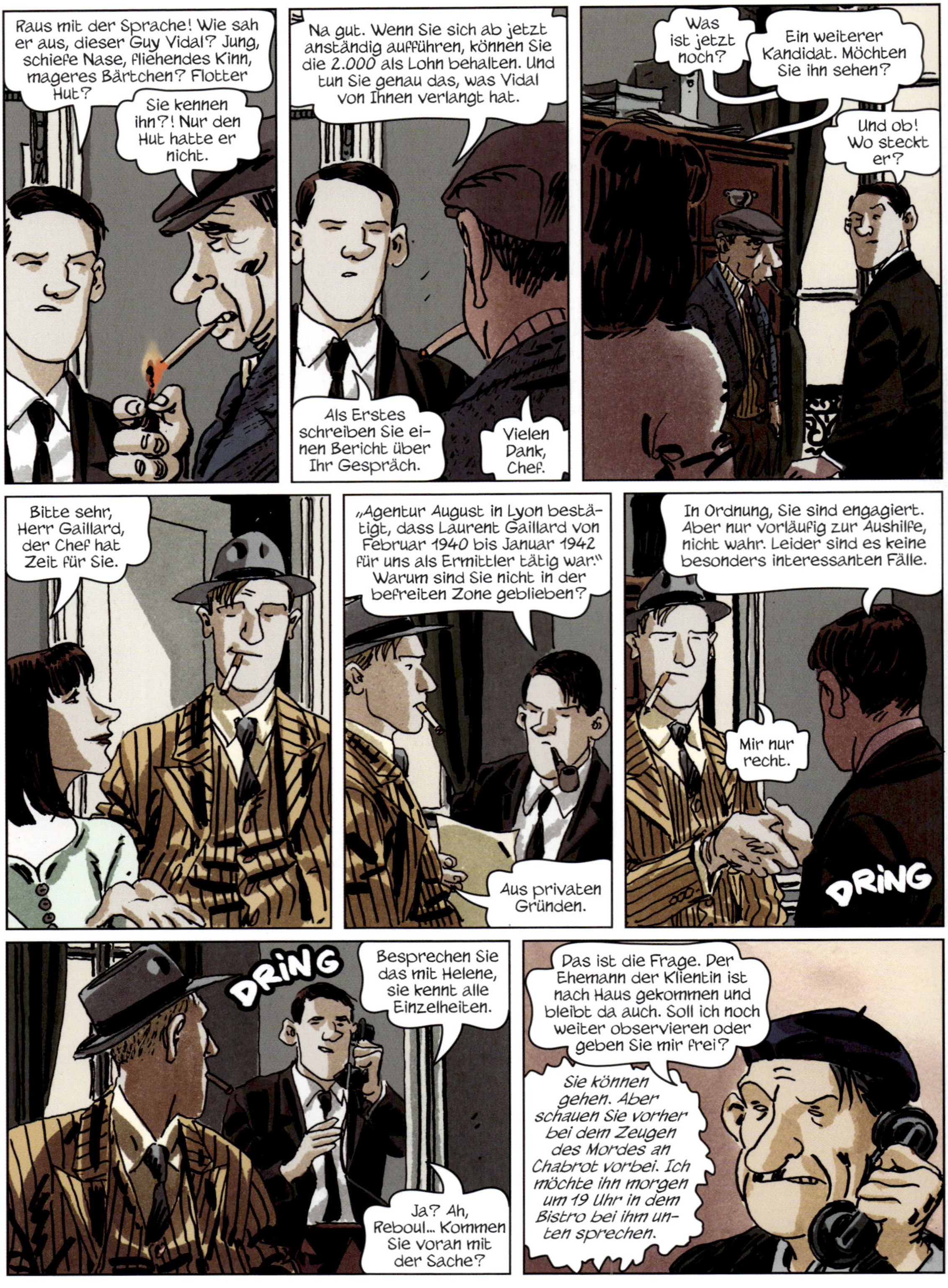

Ich ging noch einmal in die Bibliothek und schlug den Eisenbahnraub nach. Anschließend stellte ich auf der Suche nach meinem geliebten Stierkopf meine Wohnung auf den Kopf.

Lydia fand mein Gefluche und Geschimpfe nicht so erhebend. Sie lag hingegossen auf dem Sofa, in missbilligendem Schweigen.

Und dann, aus der Tasche einer feuchten Jacke...

Da bist du ja, du Hundetochter...

...wundersamerweise...

Himmel, Arsch und Zw...

...tauchte meine Pfeife auf. Ein Lichtblick in finsteren Zeiten.

Hast du sie endlich, ja? Kann man jetzt wieder seinen Frieden haben?

Kannst du. Ich hab was zu erledigen.

Ah, Covet, gut, dass ich Sie noch erwische...

Wieso, was ist mit Frau Bourguet..? Was?!

Madame Bourguet hat sich heute Nachmittag die Kugel einer 7.65er ins Herz geschossen. Mit Schalldämpfer. Mein Gott! Ich komme sofort vorbei, ich will Ihnen noch etwas zeigen.	Ich verließ meine Ungnädige...	...und machte mich auf einen einstündigen Fußmarsch, bei Nacht und Kälte.
Himmel, der Fingerabdruck mit dem Andreaskreuz! Jawohl. Ich kenne den Namen des anonymen Senders der Pistole an die Polizei. Ich weiß auch, wo er zu finden ist.	Wollen Sie mitkommen? Ich statte ihm einen Besuch ab. Da fragen Sie noch? Hoffentlich müssen Sie's nicht bereuen.	Verschaffen Sie sich für morgen früh einen Wagen. Wir fahren in den Bezirk Seine-et-Marne. Und soll ich Ihnen noch eine heiße Information verraten? Frau Bourguet war die Dame im Taxi. Was?!
Da sind Sie baff. So gesehen macht der Selbstmord Sinn. Sie hatte in der Zeitung gelesen, dass man eine Frau für den Mord an Barton verdächtigte. Den hasste sie für den Verrat an Thevenon. Sie war die Mörderin und erschoss sich, um der Justiz zu entgehen.	Ja, auch Barton wurde mit einer 7.65er mit Schalldämpfer getötet. Sie sind sagenhaft! Jetzt nicht nachlassen, mein Lieber. Wir müssen morgen früh in Bois-le-Roi sein. Besorgen Sie uns das Fahrzeug.	Ich schreibe eine anonyme Notiz an die Polizei und erläutere die Rolle der Verblichenen. In Ordnung. Ich liefere sie ab.

Bois-le-Roi, 21. März 1942, 8.15 Uhr

Daumenabdruck

Nun, werter Herr, dieser Fingerabdruck... Erklären Sie mir doch bitte mal, wie er auf eine Pistole kommt, die anonym bei der Polizei eintraf.

Denn das ist Ihr Fingerabdruck, das können Sie nicht leugnen.

Tja, also... Vor Fräulein Verbois hatte ich einen Untermieter, das war 1938.

Er verschwand, ohne zu... ohne die letzte Miete zu zahlen. Da ich Zeitung lese, wusste ich auch bald, warum. Er war Alfred Thevenon, der von dem Eisenbahnraub.

Ich ging nachsehen, ob er Schäden hinterlassen hatte, und überprüfte das Haus gründlich von oben bis unten.

Im Keller fand ich einen Sack Zement, eine Zinkwanne und eine Maurerkelle. An einer Stelle der Wand sah mir der Verputz recht frisch aus, und ich brach sie auf. Da war ein Hohlraum... mit der Pistole darin.

Sonst nichts... gar nichts weiter...

Ich hielt es für meine Pflicht, die Waffe der Polizei zu übergeben.

Pflicht? Sie alter Gauner! Den Mann an den Galgen bringen, dem sie ohne weiteres die Beute geklaut hätten!

Schönes Pflichtgefühl!

Was erlauben Sie sich?! Ich schwöre, ich hätte niemals...

Machen Sie mal halblang. Und geben Sie mir den Schlüssel.

Na los, wird's bald?!

Man sieht deutlich, wo der alte Lump sich als Maurer betätigt hat. Er hat ganze Arbeit geleistet.
Was erwarten Sie sich hier unten? Der Besitzer kennt sein Haus in- und auswendig und hat es von oben bis unten durchsucht.
Da muss ich aber lachen. Er hat das gefunden, was Thevenon ihm hingelegt hat. Ein plumper Trick, um den Alten von dem echten Schatz abzulenken.
Welche Form hatten die Goldbarren? Quader oder Stangen?
Stangen, glaube ich. Aber was soll...
Verflixt und zugenäht! Mich laust der Affe!
Die Frage des Beuteverstecks wäre gelöst. Noch Wünsche in Richtung Rätsel lösen? Der Mann mit der Maske? Der Tod Ludwigs XVII?
Covet setzte mich noch vor Mittag beim Büro ab. Helene, Raboul und ich gönnten uns nur einen Imbiss.
PF 75
Ich bat Helene, Gaillard festzuhalten, sobald er einträfe. Reboul bestätigte, dass Chabrots Hausmeister zu dem Treffen am Abend kommen würde.
BURMA
Ich beschloss, Siesta zu halten. Aber keine Chance. Um 15.15 Uhr...
...klingelte das Telefon. Es war Covet.
Burma! Eben kam eine Meldung von der Polizei rein: „Madame Bourguet ist die Frau aus dem Taxi!“ Aber die Selbstmordwaffe ist nicht die Tatwaffe beim Mord an Barton!
Man kann nicht immer nur genial sein, was?

Ich sah meine Hoffnungen auf einen allgemein akzeptablen Täter schwinden. Was meine Gedanken zu Lydia führte. Ich sah sie direkt vor mir...

Die Nichtraucherin Lydia, die sich im Keller in der rue Lecourbe während des Bombenalarms eine Zigarette ansteckte...

Großer Gott – natürlich! Warum ist mir das nicht eher aufgefallen?

Der Concierge in der rue Lecourbe hielt ich den bewährten Mitgliedsausweis im Sportverein hin.

Was ist es genau, wonach Sie hier bei uns suchen, Herr Inspektor?

Lassen Sie das meine Sorge sein. Ich muss nachdenken...

Halt, was machen Sie da?! Das ist die Tür zu Herrn Maurins Keller!

KRACK

Als ich die Waffe mit frischen Sinnen untersuchte, war da kein Kratzer oder so was, das auf das Anbringen eines Schalldämpfers hingewiesen hätte.

Im Magazin fehlten zwei Kugeln. Und trotz Staub und Feuchtigkeit dort unten im Keller...

...war der Geruch von Kordit noch deutlich wahrnehmbar. Diese Pistole war kürzlich eingesetzt worden.

Ich legte alles wieder in die Schublade und rief in dem Hotel an, wo McGuffin wohnte. Dort erfuhr ich, dass er am selben Morgen zurückgekehrt...

...und sofort zur Arbeit in den Zirkus Medrano gegangen sei! Ich machte mich auf zum Boulevard Rochechouart.

Zum Glück erwischte ich den guten Jojo gerade beim Gewichtheben. Von McGuffin fehlte dagegen jede Spur.

Auch in den Bistros der Umgebung war der kleine Mac ebenso wenig zu finden wie frische Landbutter.

Schuhsohlenverschleiß ist das Los des einsamen Detektivs. Ich würde bald auf Holzpantinen zurückgreifen müssen.

Hier geht es ja lustig zu. Während andere sich die Hacken abrennen...

Gaillard, warten Sie in meinem Büro.

Ich möchte einen mündlichen Bericht von Ihnen.

Und Sie, meine Beste, hängen meinen Mantel auf.

Hallo, Wirt? Richten Sie dem Einarmigen an der Bar aus, er soll meine Bestellung raufbringen. Er weiß Bescheid.

Und nun zu Ihnen. Ich höre. Was haben Sie zu berichten?

Hrm... Jules Bonnet, Kaufmann im Ruhestand. Sein Neffe hat den Laden übernommen...

Lauter bitte, ich bin schwerhörig.

Sein Neffe soll das Geschäft erben. Der Bursche hat angeblich „seltsame Neigungen", die womöglich den Ruf der Firma schädigen, sagt Bonnet.

Das Geschäft ist sein ganzes Lebenswerk und er...

Gut, gut. Ich weiß genug.

Was sagen Sie dazu?

Das ist er! Das ist er! Das ist genau die Stimme, die mit Chabrot gestritten hat!

Ich erkenne ihn auch wieder! Er ist einer von den drei Kerlen, die dauernd bei ihm herumhockten!

Dachten Sie tatsächlich, Sie könnten mich so einfach an der Nase herumführen? Fünf Fälle gleichzeitig für eine Agentur wie Fiat Lux? Ihr kamt euch unheimlich schlau vor, ihr Knalltüten!

Chabrot wollte verhindern, dass ich euch am Versteck der Goldbarren zuvorkomme. Deshalb habt ihr euch diese dämlichen Fälle ausgedacht! Und dazu der Versuch, sich auf meine Annonce hin hier einzuschleichen.

Hrm hrm, Chef...

Was ist? Ah ja...

Vielen Dank, Herr Paulin, Sie haben uns sehr geholfen.

Also wenn Sie mich nicht mehr brauchen…
Ich komme mit, Herr Paulin.
Und Barton? Waren Sie das auch, he? Wir behaupten einfach, dass Sie der Mörder sind. Sie haben Chabrot kaltgemacht, da kommt es auf einen mehr nicht an.
Was …
HGN!
SLAM

BRRRRRRRRM
Tja, Sie müssen sich einen neuen Verehrer suchen, Helene. Der ist nicht mehr einsatzfähig.
Sie können ja eine Annonce aufgeben.
Verdammt noch eins...
HELENE!

War jemand hier, während ich weg war?!
F-F-Faroux... I-ich wollte es Ihnen gerade sagen.
Himmel Herrgott!
Kommen Sie mir vorerst nicht unter die Augen. Und hören Sie auf, dem Lümmel nachzuweinen. Das ist doch unwürdig!
SBAM
Oh, hast du mich erschreckt!
Schluss mit der Komödie, mein liebes Kind. Ich weiß Bescheid.
Raus mit der Sprache. Ich komme soeben aus der rue Lecourbe. Ich habe im Luftschutzkeller deine Waffe gefunden. Du hast nie eine Schwester gehabt.
Ja... stimmt.
Hast du Barton getötet?
Er... er hatte mich aufgespürt, nach all der Zeit.
Er hat verlangt... er wollte mich vergewaltigen, und da...

Fang ruhig von vorn an.
Er hat mich abgefangen, als ich von der Arbeit kam. Ich sollte am nächsten Tag zu ihm kommen.
Ich habe ihm Geld angeboten, aber er lachte bloß. Er warf sich auf mich, und da begriff ich… Seine Jacke lag auf dem Bett, und als er mit mir darauf fiel, fühlte ich etwas Hartes in der Tasche. Es war seine Pistole.
Ich hatte keine Wahl. Ich… ich zog sie heraus und…
…und hast ihn nicht verfehlt. Aber ich glaube, er wollte nicht nur deinen Körper. Er dachte, du wüsstest, wo das Gold versteckt war, denn du warst mit Thevenon zusammen. Nichts anderes interessierte ihn.
Hat er Thevenon wegen seiner Affäre mit dir an die Polizei verraten? Aus Eifersucht?
Muss ja ein sagenhafter Frauenheld gewesen sein, dieser Alfred… Die Bourguet, du… Unersättlich.
Es war nur ein kurzer Flirt, eine Art Trost. Er sah ja gut aus… Ich war sehr krank gewesen, mein Mann wandte sich ab…
Du hattest Typhus und dein Haar fiel aus. Du hast eine braune Perücke getragen.
Ein spontaner Einfall. Ich habe mir nie das Haar gefärbt.
Das wäre auch ein Verbrechen. Du nanntest dich Jeanne Barton.
Es war mein Mädchenname. Lydia ist mein zweiter Vorname.
Hör zu, wir haben wenig Zeit. Die Polizei hat inzwischen in meinem Büro deine Tatwaffe gefunden. Sie werden bald hier auftauchen.
Ich liebe dich, Lydia. Was mit dir ist, weiß ich nicht, aber ich liebe dich.
Wir gehen zum Bahnhof Austerlitz und ich setze dich in den Zug nach Spanien. Sobald ich die Goldbarren geholt habe – ach so, die habe ich übrigens gefunden… komme ich hinterher…
…wenn du es willst.
Ich will.

Ich glaubte ihr. Wer würde einer Frau nicht glauben, dass sie dich liebt?

Unter Küssen gestand sie, dass sie das Geldbündel, mit dem sie Bartons Stillschweigen erkaufen wollte, in einer alten Handtasche transportiert hatte. Die roch nach dem Parfüm, das sie getragen hatte.

Ein Parfum, das zur Zeit alle Welt trägt und das sie schnell durch „Bergkristall" ersetzt hat.

Das Haus in Bois-le-Roi hatte sie gewählt, weil es so isoliert lag. Und weil sie es kannte, denn sie war mit Thevenon dort gewesen.

Wie ich vermutet hatte, schoss sie gegen kurz vor 11 Uhr auf Barton, während die tödliche deutsche JU 52 über uns dahindonnerte und ich meine Uhr nach der öffentlichen Uhr stellte.

Chabrot und Konsorten sind auf Lydias Spur gestoßen, als sie Barton verfolgten. Und auf mich.

Ich hatte nur noch eine Kleinigkeit zu erledigen. Ein Anruf bei Dédé, dem Hehler.

Juden Zutritt verboten

Als ich dann den Goldkurs auf dem Schwarzmarkt kannte, tat ich, was alle taten.

69

Am Sonntag fuhr ich aufs Land.
BOIS-LE-ROI
30 Francs die Nacht, Mahlzeiten inbegriffen. Nicht billig, aber Seelenruhe hat ihren Preis.
Und ein wenig handwerkliche Betätigung zur Entspannung zwischendurch...
23. März 1942
In bester Laune kehrte ich am Montagmorgen in die Stadt zurück und ging direkt ins Büro.
LE SOIR
..?!
LE DRAME
TRAGÖDIE AUF BAHNSTRECK
PARIS-
BORDEAUX
von Marc COVET
Beim Anblick solcher Bilde solcher Katastrophen ha wohl jeder Mensch Schwie rigkeiten, die Fassung bewahren. Man sieht nich als Trümmer und verkoh Leichen. Mit welchen G fühlen mögen diese Pa sagiere in den Zug stiegen sein, der sie der Hauptstadt Paris den Süden bringen soll Waren Sie bedrückt o voller Hoffnung auf bessere Zukunft?

SBLAM
Hallo, Covet? Hören Sie auf, ich bin nicht in Stimmung für Albernheiten.
Haben Sie die Liste der Opfer von dem Unglück auf der Strecke Paris-Bordeaux?
Jeanne, Lydia Verbois oder Barton. Kein Kommentar, nur die nackten Fakten... Ja, ich warte.
Ja. Danke. Nein. Halten Sie einfach den Mund.
Tot.
Sie ist tot.
So, kann ich Sie sprechen? Telefonat beendet?
Gute Nachrichten, Burma! Wir wissen, wer Barton erschossen hat.
Der Täter ist buchstäblich vom Himmel gefallen. Übrigens ganz in der Nähe...
Laurent Gaillard. Mit richtigem Namen Fernand Gonin, Hauptdarsteller in dem Stück um den Goldraub in der Eisenbahn.

Sie wissen, Fernand Gonin, Student und Anarchist. Hatte die 7.65er Pistole in der Tasche, mit der Henri Barton getötet wurde.
Jetzt ist alles an dem Fall aufgeklärt, was?
Was haben Sie denn, Burma? Fühlen Sie sich nicht wohl?
Burma?
Sie ist tot.
Alles umsonst.
Burma..??
Nehmen Sie den Schrott mit und verziehen Sie sich, Faroux.
KLONG
Und sagen Sie nichts mehr. Bitte.
Jetzt gehen Sie endlich, Mann!
Gehen Sie endlich.
Text und Bild
Nach dem Roman von Léo Malet

Ende

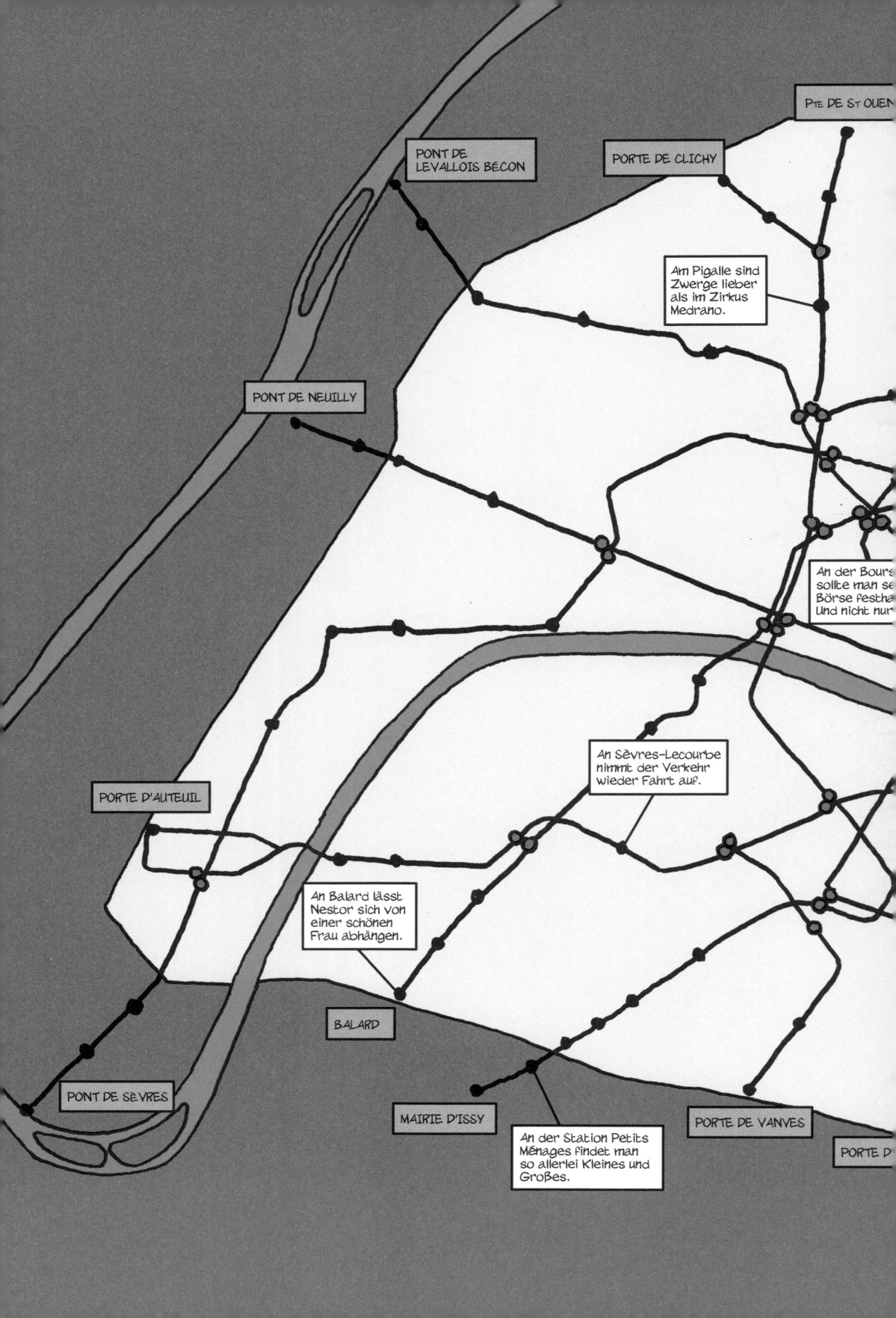

	Pte de St Ouen
Pont de Levallois Bécon	Porte de Clichy

Am Pigalle sind Zwerge lieber als im Zirkus Medrano.

Pont de Neuilly

An der Bours[e] sollte man se[...] Börse festha[...] Und nicht nur[...]

Porte d'Auteuil

An Sèvres-Lecourbe nimmt der Verkehr wieder Fahrt auf.

An Balard lässt Nestor sich von einer schönen Frau abhängen.

Pont de Sèvres

Balard

Mairie d'Issy

Porte de Vanves

Porte D[...]

An der Station Petits Ménages findet man so allerlei Kleines und Großes.